Burlingame Public Library
P9-BYZ-255

Puedes consultar nuestro catálogo en
www.picarona.net

El libro de los porqués - Animales
Texto: *Gianni Rodari*
Ilustraciones: *Raffaella Bolaffio*

1.ª edición: marzo de 2017

Título original: *Il libro dei perché - Animali*

Traducción: *Lorenzo Fasanini*
Maquetación: *Montse Martín*
Corrección: *M.ª Ángeles Olivera*

Edita: Picarona, sello infantil de Ediciones Obelisco, S. L.
Collita, 23-25. Pol. Ind. Molí de la Bastida
08191 Rubí - Barcelona
Tel. 93 309 85 25 - Fax 93 309 85 23
E-mail: picarona@picarona.net

ISBN: 978-84-9145-035-1
Depósito Legal: B-2.527-2017

Printed in Spain

Impreso en España por ANMAN, Gràfiques del Vallès, S. L.
C/. Llobateres, 16-18, Tallers 7 - Nau 10. Polígono Industrial Santiga.
08210 - Barberà del Vallès (Barcelona)

EL LIBRO DE LOS PORQUÉS

ANIMALES

Texto: Gianni Rodari
Ilustraciones: Raffaella Bolaffio

¿POR QUÉ REBUZNAN LOS ASNOS?

Cuenta la leyenda que hace mucho, mucho tiempo, los asnos cantaban mejor que los mejores tenores. Un día, los animales se reunieron en una gran asamblea, y el león, que era el rey de todos ellos, preguntó:

—¿Quién es el más hermoso de todos nosotros?

—¡Yooo! –exclamó el asno enseguida.

—Está bien, tú serás el más hermoso. ¿Y quién es el más fuerte?

—¡Yooo! –gritó el asno, mucho antes de que nadie pudiera abrir boca.

—Bien, ¿y quién es el más estúpido? –preguntó el león.

—¡Yo! –rebuznó rápidamente el asno por miedo a quedarse otra vez el último en contestar.

Todos se echaron a reír y el pobrecito sintió tanta vergüenza que perdió la voz, y desde entonces sólo sabe decir: «¡Y-ó! ¡Y-ó!».

Sin embargo, para los campesinos, la voz del asno sigue siendo la más bonita de todas.

—¿Quién es mi amigo? ¿Quién me ayuda y trabaja por mí? –pregunta el labriego.

—¡Yooo! –contesta el asno, llevando su carga.

Y el campesino dice:

—¡Cuánta razón tienes!

Y-OOOOÓ

¿POR QUÉ CANTAN LOS GALLOS?

El gallo canta de madrugada
una canción muy animada.
En la ciudad, quien gallo no tiene
un despertador le conviene.
Un gallito junto al cabezal
que de las horas sepa avisar,
que cuando el sol asome y el día esté ahí
salte la alarma y cante:
¡Quiquiriquí!

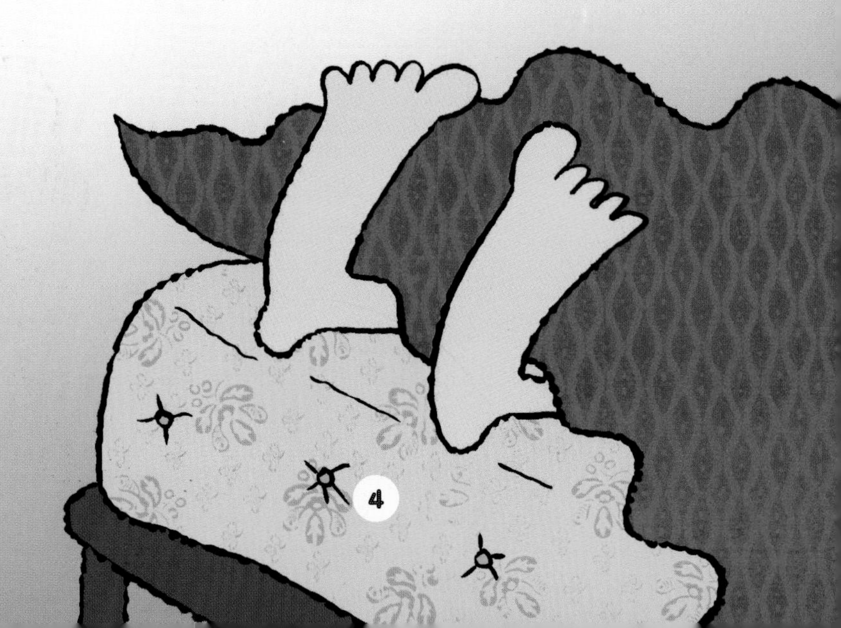

¿POR QUÉ HABLAN LOS PAPAGAYOS?

Los papagayos no hablan, es decir, no expresan pensamientos. Sin embargo, gracias a la especial constitución de sus cuerdas vocales, pueden imitar casi a la perfección el sonido de las voces humanas que escuchan cuando viven en cautiverio.

El hombre-papagayo
no es muy raro de encontrar:
es un tipo que habla mucho
pero no sabe pensar.

BLABLABLABLABLABLABLABLA
BLABLABLA

¿POR QUÉ LOS GATOS VEN EN LA OSCURIDAD?

La noche nunca es oscura del todo. Incluso cuando no hay luna, siempre hay un poco de luz y... toda va a parar a los ojos de los gatos. Sus ojos, fundamentales para poder cazar, se han adaptado de tal modo a la oscuridad que pueden atrapar incluso la luz más débil en la pupila.

Y, a propósito de los gatos, ¿sabías que los antiguos egipcios los veneraban como si fueran dioses? ¡Qué tiempos gloriosos! Así lo cuentan a sus alumnos, los gatos-profesores:

En tiempos de los egipcios,
¡qué chollo!, *mininos* queridos,
vivíamos en los templos
como dioses descendidos...
Todos nos complacían y
veneraban
y, con manjares exquisitos,
nos alimentaban.
Hoy, en cambio, ¡qué tristeza!
¿dónde iremos a parar?
como mucho nos arrojan...
un hueso de calamar.

LAS LÁGRIMAS DEL COCODRILO

Las lágrimas lavan los ojos, protegen el globo ocular manteniéndolo húmedo, y eliminan las bacterias y sustancias extrañas que puedan llegar a ellos.
Y siguen con su trabajo aun cuando nos salgan a borbotones cuando lloramos.
Las lágrimas más famosas son las de los cocodrilos.
Ésta es la historia:

Cuentan que un día un cocodrilo
a un perro entero devoró,
y luego, como hacía siempre,
con mucha pena lloró.
—¡Ahora te arrepientes! –dijeron
los cachorritos.
—Ah, no, pienso en vosotros,
infelices, huérfanos y solitos...
Me gustaría reuniros
con vuestro papá
al que me comí enterito,
pero confieso con dolor que...
ya he perdido el apetito.

¿POR QUÉ NO SE AHOGAN LOS PECES?

Porque respiran. Las branquias de los peces están pensadas para respirar el oxígeno del agua, tal y como hacen nuestros pulmones con el oxígeno del aire. Los peces son famosos también en los refranes.

Escucha este cuento:
Un día, un pescador se recostó en la playa para descansar y en aquel preciso momento pasaron por allí dos viejos Proverbios.
—¡Cuidado! –le dijo el primero–. *Al camarón que se duerme se lo lleva la corriente.*
—Al contrario –rebatió el segundo–, *¡El dormir no quiere prisa!*
El pescador estuvo escuchándolos discutir un buen rato y, finalmente, pensó:
—Los refranes sólo son buenos para los necios.
Yo lo haré a mi manera.
Y se durmió cerrando sólo un ojo.

LAS GOLONDRINAS Y LOS ÁRBOLES

Las golondrinas son unos magníficos albañiles que construyen sus nidos con arcilla, saliva, pelusas, briznas de hierba, etc., y todo eso tienen que hacerlo al resguardo de la lluvia (bajo los canalones, por ejemplo), pues de otro modo el agua desharía el barro de la casita en la que han empleado ocho días de trabajo y no menos de unos quinientos viajes.

¡Pero las golondrinas hacen otros viajes mucho más largos!

En vuestro calendario
sólo hay dos temporadas:
primavera y verano,
¡qué afortunadas!
Cuando el frío llega,
otra vez os vais, en pos
de nuevas primaveras:
en el invierno nunca
os quedáis.
Hijas privilegiadas
de la naturaleza,
todo el año vais buscando
del sol, la mayor tibieza.

¿POR QUÉ EL CARACOL SE ESCONDE EN SU CAPARAZÓN CUANDO LE TOCAMOS LOS CUERNECILLOS?

Si un ladrón te persiguiera, o un bandido te amenazara (¡ojalá nunca te suceda!), también tú te refugiarías en tu casa y cerrarías bien puertas y ventanas: así es como reacciona el caracol al más mínimo peligro, se siente bien protegido dentro de su frágil caparazón.
¡Qué animalito tan prudente!
Un día conocí a un señor Caracol: ¡qué personaje tan comedido! En cuanto supo que olía a guerra, se encerró en casa y ya no volvió a sacar la nariz. Y cómo no pudo ver la bomba que acabó cayéndole encima. ¡Qué personaje tan imprudente! ¿No hubiera sido mejor salir de casa y convencer a todos de que hicieran las paces?

¿POR QUÉ LOS TOPOS SON CIEGOS?

Los topos viven bajo tierra, cavan galerías a una velocidad de 10-15 metros por hora, y siempre a oscuras. Por esa razón, su vista no se ha desarrollado, y con sus ojillos, como cabezas de alfiler, apenas pueden distinguir entre el día y la noche. Yo conocí a un tipo, el señor Topo, que tenía ojos pero no los usaba. En pleno agosto solía pasear gritando: «¡No hay sol! ¡No hay sol!». ¿Y sabéis qué? Murió a causa de una insolación. Pero gente como él sigue habiendo mucha.

¿POR QUÉ LOS GATOS ODIAN A LOS RATONES?

Yo no creo que los odien. ¿Acaso tú odias a las vacas, a las gallinas o a los patos? No lo creo, y, por otra parte, si te los encuentras en el plato, no empiezas a llorar. El gato es carnívoro y caza ratones, pájaros o incluso polluelos. Caza todo lo que tiene a mano, como cuando está al lado del hombre.

Un día, en una escuela que conozco, la maestra dejó a sus alumnos solos en el aula. Entonces, enseguida se asomó por la ventana un viejo Proverbio, que en voz baja dijo socarronamente: «Cuando la gata está ausente, los ratones se divierten». ¡Venga, divertíos!

Los alumnos lo miraron de reojo: «No tenemos tiempo –contestaron–, tenemos que resolver un problema». El viejo Proverbio, que no esperaba una respuesta tan inteligente, se sorprendió tanto que se cayó en un tintero y en él se ahogó.

¿POR QUÉ LOS ELEFANTES TIENEN TROMPA?

La respuesta más correcta sería: tienen trompa porque han nacido así. Es muy complicado de entender. La trompa es una prolongación de la nariz que sirve al elefante para muchas cosas: agarrar, oler, tocar. Si desde un principio los hombres hubieran empleado la nariz para hacer las cosas que hacen con las manos, ¿quién sabe?, quizás ahora tendríamos también trompa. Asistiríamos entonces a extraños espectáculos: un guardia municipal que dirige el tráfico agitando la trompa de derecha a izquierda; un jefe de estación dando el paso a los trenes mientras levanta solemnemente el semáforo con la trompa... Y además tendríamos unos refranes muy originales. Por ejemplo:

Una trompa lava la otra, y ambas, la cara.

No metas tu trompa en asuntos ajenos.

Si tiras la piedra, no escondas la trompa.

El hombre sincero habla con el corazón en la trompa.

¿POR QUÉ ALGUNAS SERPIENTES SON VENENOSAS?

El veneno es su arma de defensa y de ataque: su vida es una lucha para conseguir comer y no ser comidas. Y, además, no tienen aguijones, ni agallas, ni colmillos, ni trompas ni cuernos. El hombre, en comparación con los demás animales, parece desarmado, pero su inteligencia y el trabajo de sus manos le convierten en el más fuerte de todos, en el auténtico rey de la Tierra.

—¡Eh eh! –ríe burlonamente una voz a mis espaldas–, ¿acaso los hombres no pueden ser venenosos? Dice un refrán, por ejemplo: *amor de parientes, amor de serpientes.*

¡Cielos! Un viejo Proverbio: hacía mucho que no veía pasar uno por aquí.

Un proverbio tan venenoso como una víbora: no dejes que te muerda.

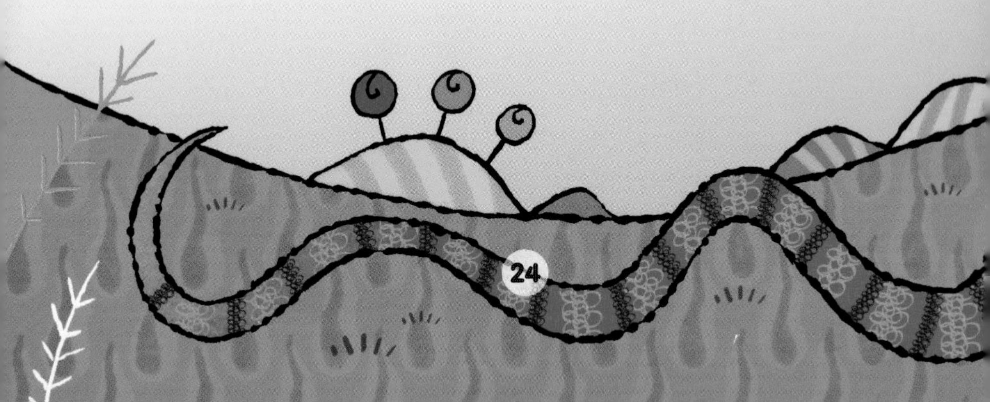

¿POR QUÉ SE DICE «ES MÁS TONTO QUE UN GANSO»?

A los gansos se les calumnia en vano: hay animales mucho menos inteligentes que ellos, que van tranquilos por el mundo sin tener que cargar con el peso de ese dicho infame. ¿Qué podríamos hacer por ellos? ¿Reconsiderarlos? Quizás sea mejor los refranes y los dichos. Empezaré yo, y si a alguien le apetece seguir, pues adelante.

Nuevos refranes:

Si vas con prisa, puede que pierdas la camisa.
Perro ladrador nunca será cantautor.
Quien con ovejas va, al cabo del año balará.
Ríe mejor el que tiene dientes a mogollón.
A quien bien quieres, quiere bien y dale mieles.
No hay peor sordo que el que quiere oír.
Cuenta hasta mil antes de hablar sin fin.

¿QUÉ QUIERE DECIR «PRESUNTUOSO»?

Parece ser que aún no te has comprado un diccionario, si no, averiguarías que presuntuoso es quien pretende saber o poder hacer cosas que no sabe ni puede hacer. Un sabelotodo, vaya. Yo, como no soy un diccionario, me explico mejor poniendo un ejemplo.

Las inquietudes de un polluelo

Érase una vez un polluelo
que no sabía que era un polluelo.
—Puede -pensó una tarde-
que sea un elefante,
pero no, no tengo trompa flamante.
Yo creo que no soy un burro,
desde luego no rebuzno.
Y si fuera un cocodrilo,
no estaría tan tranquilo.
Pero si un perro fuera,
entonces, llevaría correa.
Y si fuera un almirante,
cruzaría el mar tan campante.

Pero ¿qué seré, qué seré yo?
Dímelo tú, lindo charco,
si me sabes contestar.
Y en el charco se miró.
—¿Un polluelo?
¡Ay, no, no, eso ni hablar!
nunca lo podría aceptar.
Un polluelo ¡que aburrimiento!
y saltó embarrando el charco
en castigo por su atrevimiento.

¿POR QUÉ LAS ARAÑAS TRAEN BUENA SUERTE?

En los libros de ciencias naturales
no se habla de eso, y yo, en cuanto
a arañas se refiere, sólo creo en ellos.

Érase una vez una araña que era un amuleto:
pero ella, que traía buena suerte,
lo ignoraba por completo.
Tampoco sabía, la muy boba,
que la criada quería cazarla
con una escoba.
Así que la pequeña araña fue y murió.
Y una gran fortuna al fin legó,
fue para las moscas y los mosquitos,
para los insectos y animalitos.

ÍNDICE